HORSE CLUB™

Das geheimnisvolle Medaillon

von Friederike Kühn

Weitere Bücher aus dieser Reihe:

Das Geheimnis um Lakeside

Turnierträume

Spuren im Wald

Der große Tag

Rätsel um Princess

Die goldenen Schlüssel

Ein Fohlen für Mia

Das verschollene Pferd

Die große Pferdeshow

Der Filmstar

Ferien auf Lakeside

Zirkusfieber auf Lakeside

Das Ritterturnier

Das geheimnisvolle Medaillon

von Friederike Kühn

Das ist AMEET-Qualität

Bevor wir ein Buchprogramm planen und die einzelnen Bücher entwickeln, besuchen wir unsere kleinen Leser und ihre Eltern zu Hause.

Wir wollen wissen, was Kinder lieben, was sie cool finden, was sie erwarten, wenn sie ein Lese- oder Rätselbuch in den Händen halten. Denn unser Verlag hat sich auf die Fahnen geschrieben, der Verlag zu sein, der am besten weiß, was Kinder wollen.

Die Quelle unserer Erkenntnisse bezüglich Lesererwartungen und ihrer Vorlieben sind professionelle Interviews, die wir regelmäßig mit Kindern und ihren Eltern durchführen. Die Ergebnisse fließen direkt in die Konzeptionierung unserer Buchreihen und Einzeltitel ein.

Das garantieren wir Ihnen:

- Bücher, mit Kindern entwickelt
- Bücher, von Eltern getestet
- Bücher, die Kinder cool finden und gleichzeitig Elternbedürfnisse erfüllen

Wir möchten für Sie immer besser werden:

Sollten wir mit diesem Buch Ihre Erwartungen nicht erfüllen, lassen Sie es uns bitte wissen! Wir freuen uns auf Ihre Kritik und Ihr Lob! Nehmen Sie einfach Kontakt zu uns auf und schreiben Sie uns, gern auch per E-Mail an ameet@ameet.de.

Ihr
AMEET VERLAG
Destouchesstraße 68
80796 München

Produziert von AMEET Sp. z o.o.,
lizenziert durch die Schleich GmbH.

AMEET Verlag GmbH
Destouchesstraße 68
80796 München
Deutschland
www.ameet.de

AMEET Verlag Adresse bitte aufbewahren (Herstellerangabe).

Text: Friederike Kühn
Umschlag und Innenillustrationen: Manuela Razzi
Originaltitel: Das geheimnisvolle Medaillon
Lektorat: Melanie Haitzer
Satz: booklab GmbH, München

ISBN 978-3-96080-772-8

Inhalt

Sonntagstreffen

„Von mir aus könnten wir unsere Sonntagstreffen immer hier oben machen“, sagte Sarah und reckte sich entspannt auf einem der Stühle, die um den kleinen Tisch oben auf ihrer Wohnwagendachterrasse gruppiert waren. „Zumindest im Sommer“, ergänzte sie und griff nach einem Marmeladenbrötchen, das auf einem Tablett vor ihnen stand.

„Fühlt sich fast an wie Ferien, das gebe ich zu“, grinste Lisa und füllte die Kakaobecher nach. „Reiten wir nachher noch aus?“, wollte sie wissen und blickte fragend in die Runde.

„Laut Wetterapp soll es heute Nachmittag regnen, sogar schütten. Regenwahrscheinlichkeit hundert Prozent", meinte Hannah und öffnete die Wettervorhersage auf ihrem Handybildschirm. Sofia warf einen neugierigen Blick darauf und bestätigte mit einem Nicken Hannahs Aussage.

„Sieht nicht gut aus. Und was machen wir dann? Hat jemand eine Idee?“

„Meine Mutter fing heute Morgen davon an, dass wir ihr ja helfen könnten, den Dachboden aufzuräumen und unser altes Spielzeug nach unten zu tragen, damit sie es verkaufen kann“, sagte Hannah.

„Das ist doch mal ein Angebot, oder?“, meinte Sarah lachend.

Hannah war sich nicht sicher, wie ernst ihre Freundin diesen Kommentar meinte, und schaute fragend zu ihr hinüber. Dann sprach sie in einem entschuldigenden Ton weiter. „Ich habe dummerweise gesagt, wir hätten noch keine Pläne für heute. Als Belohnung, wenn wir uns tatsächlich dazu durchringen würden, da oben etwas Ordnung zu schaffen, hat sie uns einen Rieseneisbecher versprochen, mit ganz viel Sahne darauf.“

„Hm, das klingt verlockend“, überlegte Lisa.

„Und da wir ohnehin nicht so recht wissen, was wir machen sollen ...“, warf Sofia ein. Doch bevor sie weitersprechen konnte, fiel ihr Hannah ins Wort.

„Aber unser Dachboden ist groß! Erinnert euch an die Übernachtungsparty dort oben. Er ist unaufgeräumt, um nicht zu sagen vollgemüllt mit altem Krempel sogar noch von meinen Urgroßeltern und deren Eltern“, erklärte Hannah. Sie hoffte, damit die Idee ihrer Mutter, den verstaubten Dachboden aufzuräumen, noch mal abzuwenden.

„Also ich finde, wir könnten doch einfach mal ein bisschen dort oben stöbern, oder?“, fand Lisa.

„Da ist es grässlich staubig, voller Spinnen und sicher brütend heiß. Das meint ihr doch nicht im Ernst“, protestierte Hannah.

„Wir müssen dort oben ja nicht einziehen. Eine Stunde oder so, das reicht doch sicher. Denk an den Eisbecher, der dann auf uns wartet“, freute sich Sofia und knuffte Hannah in die Seite. „Komm schon, gib dir einen Ruck!“

„Und was sagst du, Sarah?“, wandte sich Hannah an ihre Freundin, die oft sofort auf ihrer Seite war. Die saß entspannt zurückgelehnt, die Arme hinter dem Kopf verschränkt, im Stuhl,

der gefährlich nah an das Terrassengeländer gerückt war, und betrachtete zufrieden die Baumkronen und den blauen Himmel.

„Also, ich kann mir ja kaum vorstellen, dass es heute wirklich noch regnen soll, so herrlich, wie der Himmel gerade aussieht, aber ...“

„Sag jetzt nichts Falsches“, drohte Hannah ihr, es klang aber eher wie ein freundschaftliches Necken als nach einer ernst gemeinten Drohung.

„Wieso? Noch habe ich doch gar nichts gesagt ...“, lachte Sarah. „Wir können heute Mittag noch mit unseren Lieblingen einen kleinen Ausflug zum See machen, das ist ohnehin nicht mehr weit, und dann nachmittags bei euch aufschlagen und den Dachboden erkunden. Vorausgesetzt, deine Wetterapp hat recht. Sonst mache ich nicht mit.“ Auf Regen hatte sie so gar keine Lust.

„Das klingt doch nach einem vernünftigen Kompromiss“, unterstützte Lisa Sarah.

„Finde ich auch“, meinte Sofia.

„Na, wenn das alle so sehen, in Ordnung. Es ist früh und noch lacht die Sonne. Außerdem kriege ich noch zwei Brötchenhälften“, grinste Hannah und griff sich ein helles, dick mit Honig bestrichenes Brötchen und biss genüsslich hinein. „Vielleicht hat Mama ja später schon ihren berühmten Sonntagsapfelkuchen fertig, dann können wir uns schon vor der großen Aufräumaktion stärken.“

„Typisch, Hannah, du denkst wieder mal nur ans Essen“, kommentierte Sarah Hannahs Bemerkung.

„Aber nur, wenn es um Kuchen und Muffins geht ...“, lachte diese und das Gespräch plätscherte entspannt weiter, bis Sofia irgendwann auf die Uhr sah und zum Aufbruch antrieb.

Auf dem Dachboden

„Mama, wir sind dabei!“, rief Hannah schon von der Eingangstür Richtung Küche, in der sie ihre Mutter vermutete. Es roch himmlisch nach warmem Apfelkuchen. Hannah schien mit ihrer Annahme recht zu behalten. Als sie in die Küche stürmte, fragte sie ihre Mutter, die gerade die letzten Backgeräte wegräumte: „Ist der Kuchen schon fertig?“

Ein Blick auf den Ofen erübrigte die Antwort. „Er braucht noch eine halbe Stunde.“

„Schade, die Mädels und ich hätten gerne schon ein Stück zur Stärkung gegessen“, meinte Hannah leicht enttäuscht. „Wir wollen nämlich gleich auf den Dachboden und mal sehen, was sich dort Interessantes versteckt."

„Ach, das ist ja schön. Dann hat mein Vorschlag bei deinen Freundinnen Gehör gefunden?", wunderte sich Mrs Kramer. Die Freude darüber war ihr ins Gesicht geschrieben.

„Nachdem es ohnehin gleich zu regnen anfängt und wir mit unseren Pferden bis eben am See waren, ist das eine gute Abwechslung."

„Soso, das klingt etwas anders als heute Morgen", sagte Sarah lachend, die gerade eben mit Sofia und Lisa die Küche der Kramers betreten hatte.

„Da hing aber noch ein strahlend blauer Himmel über uns und der Gedanke an dunkle, mit Spinnweben behangene Dachbodenbalken schien wenig verlockend."

„Und das ist jetzt anders?", fragte Sofia, die sich zu ihren Freundinnen auf die Bank setzte.

„Die Spinnweben locken mich immer noch nicht, aber ein bisschen in alten Sachen stöbern ist vielleicht wirklich ganz unterhaltsam."

„Ihr solltet aber nicht noch mehr Unordnung da oben anrichten, als schon da ist, sondern die Spielsachenkartons finden und runterbringen", warf Mrs Kramer ein.

„Schon verstanden, Mama. Und was ist mit dem versprochenen Eisbecher?"

„Der ist fertig, wenn ihr wieder runterkommt. Mehr als eine Stunde müsst ihr nicht da oben herumkrabbeln", lachte sie.

„Habe ich doch gesagt", meinte Sofia gut gelaunt und nahm dankend das Glas Apfelsaft an, das ihr Mrs Kramer hinstellte.

Die Mädchen tranken alle noch etwas und stärkten sich mit dem Obstkompott, das ihnen Mrs Kramer als Alternative zum Apfelkuchen angeboten hatte. Dann gingen sie die Treppen nach oben zur Dachbodenklappe, die das

Reich der Spinnen, wie es Hannah bezeichnete, verschloss.

Als die Treppe nach unten ausgeklappt war und der dämmrig wirkende Raum sich über ihnen öffnete, zog es keines der Mädchen nach oben. Außerdem kam ihnen warme, muffige Luft entgegen, die den Dachboden noch weniger einladend wirken ließ.

„Jetzt kommt schon, wenn keine zuerst gehen will, mache ich den Anfang. Wir haben doch schon da oben übernachtet“, meinte Sarah etwas vorwurfsvoll und schwang sich auf die erste Treppenstufe.

„Ja, schon gut, ich habe einfach noch den Duft von Apfelkuchen in der Nase, und ein ungemütlicher Dachboden reizt mich gerade wenig“, meinte Hannah entschuldigend und griff nach der Taschenlampe, die auf der Kommode neben ihr stand. Sie würde beim Sichten der Kartoninhalte nützliche Dienste leisten.

Dann folgte sie Sarah. Sofia und Lisa bestiegen ebenfalls die Treppe.

Hannah betätigte den Lichtschalter am Treppengeländer und eine nackte Glühbirne erleuchtete den Speicher mit seinen dicken Holzbalken.

„Donnerwetter, hier ist ja wirklich alles zugestellt. Das habe ich gar nicht mehr so in

Erinnerung", meinte Sofia, während sie ihren Blick über die vielen Kisten schweifen ließ, die in Reih und Glied bis in den hinteren Bereich des Dachbodens standen.

„Wo sollen wir denn da anfangen?", fragte Lisa, die ebenso erstaunt wirkte wie Sofia.

„Ich schlage vor, wir arbeiten uns von vorn nach hinten. Die Kisten, die Mama meint, müssten ja eher weiter vorn stehen. Ich kann mich auch nicht erinnern, dass es so voll war."

„Und wir sollen es jetzt wieder runtertragen, na toll", bemerkte Sarah etwas missmutig, lenkte dann aber gleich ein. „Na ja, wer weiß, was wir noch so finden."

„Igitt, hier hängen tatsächlich in jeder Ritze Spinnen ab", fluchte Lisa, als sie ihren Kopf einzog, um ihren Freundinnen zu folgen, die bei einem großen Spiegel stehen blieben, der mit einem prächtigen Rahmen verziert an einem Mittelbalken im Raum lehnte.

„Der ist ja schön“, fand Sofia und drehte sich vor dem etwas stumpf gewordenen Glas.

„Schaut mal hier!“, rief Hannah, die bereits begonnen hatte, erste Kisten zu öffnen.

Als Sofia sich umdrehte, entdeckte sie Hannah mit einer wallenden Stola um den Hals und einem alten Hut auf dem Kopf, der in seiner Form stark an die Zwanzigerjahre erinnerte.

„Das ist ja die reinste Verkleidungskiste!“, rief jetzt auch Lisa, die sich neben Hannah bückte und im Inhalt der Kiste wühlte. „Schaut mal, dieses Kleid“, kam es erstaunt von Lisa, und als sie sich aufrichtete, hielt sie ein schwarzes Charleston-Kleid mit Paillettengürtel in der Hand.

„Darf ich das mal anziehen?“, fragte sie Hannah, die nur mit den Schultern zuckte und ebenfalls wieder in den Inhalt der Kiste eintauchte. Wenig später standen vier Mädchen in Kleidern, deren Taille tiefer hing als üblich, nebeneinander, kicherten, drehten und wendeten sich vor dem alten Spiegel und warfen sich begeisterte Komplimente zu.

„Sofia, das rosa Kleid steht dir einfach super. Du siehst umwerfend aus“, lachte Lisa, die

ihrerseits das schwarze Kleid gar nicht mehr ausziehen wollte und sich die wallende Stola von Hannah geliehen hatte.

„Mädels, wollten wir nicht die Spielsachen suchen?“, erinnerte Sofia irgendwann ihre Freundinnen.

„Wollten nicht unbedingt, aber sollten vielleicht“, lachte Sarah und Hannah gab zu: „Ja stimmt, lasst uns die Kleider wieder in die Kiste packen und weitersuchen. Nachher können wir Mama ja fragen, ob wir die auch mit runternehmen können.“

„Schaut mal, das sieht ganz nach dir aus!“, hörte man da Sarah von etwas weiter hinten rufen, als sie über eine Kiste gebeugt etwas herauszog, das ganz ohne Zweifel Hannah zuzuordnen war. Es war ein Puppenpferd, das Cayenne sehr ähnelte.

„Du hast mit Puppen reiten gespielt?“, fragte Sarah ungläubig.

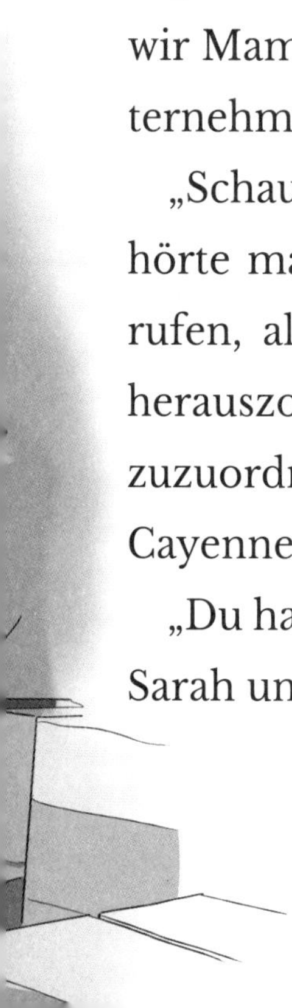

„Die Betonung liegt auf Reiten, nicht Puppen, ok?“, rechtfertigte sich Hannah, die zu Sarah ging und neugierig in die Kiste spähte.

„Da sind ja meine alten Reitstiefel“, sagte sie überrascht.

„Das scheint dein erster Reithelm gewesen zu sein“, vermutete Sarah, die einen schwarzen samtenen Reithelm in der Hand hielt.

„Das sind aber keine Spielsachen“, stellte Sofia fest, die vor einer größeren Kiste stand und den Deckel öffnete. „Darf ich?“

„Ja klar, unsere Mission – Spielsachen finden – ist noch nicht erfüllt“, lachte Hannah.

„Aber jetzt!“, hörte man Lisa, die das Gespräch ihrer Freundinnen verfolgt und währenddessen weitere Kartons geöffnet und wieder geschlossen hatte.

Sie hielt mehrere Puppen in der Hand, zum Teil nackt, manche mit hübschen Kleidchen versehen, und grinste.

„Eindeutig deine Puppen“, sagte sie neckend zu Hannah, die sofort ergänzte: „... und Mias!“

„Diese Kiste können wir schon mal zur Treppe schieben“, meinte Lisa und suchte weiter.

Es dauerte eine Weile, bis alle Kisten geöffnet und durchgesehen waren. Nachdem sie auch den letzten Karton unter die Lupe genommen hatten, ließen sich die Mädchen erschöpft auf dem Boden nieder.

Sofia betrachtete das Chaos. Dabei blieb ihr Blick an einer antik aussehenden Holzkiste mit dicken Metallbeschlägen und einem Schloss davorhängen. Die truhenartige Kiste stand etwas abseits versteckt hinter einem dicken Holzbalken. Sie stand auf, um sich die Truhe näher anzusehen.

„Na, wenn das keine echte Schatztruhe ist“, stellte sie fest und begann, das Schloss in Augenschein zu nehmen.

„Was machst du da?“, fragte Hannah müde.

„Ich bin einfach neugierig, was hier drin ist“, rechtfertigte Sofia sich und schaute sich das Schloss genauer an. Sarah stand auf und ging zu Sofia. „Lasst mich mal ran!“

Sie kramte ihr kleines Notizbuch hervor, das wiederum mit Büroklammern gespickt war, zog eine davon heraus und bog den Draht auseinander. Dann steckte sie den Draht ins Schloss, das sich einen Moment später mit einem leisen „Klack“ öffnete.

„Sarah, ich bin baff, wo hast du das denn gelernt?“, fragte Sofia erstaunt.

„Ich habe mir vor einiger Zeit schon ein paar YouTube-Videos dazu angeschaut. Ich dachte, als Detektivin kann es nicht schaden, solche Tricks auf Lager zu haben“, gab Sarah grinsend zurück und hob den halbrunden Deckel der Truhe an.

Die anderen Mädchen standen neugierig hinter ihr, und Hannah konnte es kaum erwarten herauszufinden, was in dieser Kiste war. Ihre Müdigkeit war verflogen.

„Notizbücher, Fotoalben, Schachteln …“, fasste Lisa zusammen, was sie auf den ersten Blick erkennen konnte.

„Lass mich mal sehen!“, forderte Hannah ihre Freundin auf und schob Lisa beiseite. Diese hielt ein altes Notizbuch in der Hand, das sie vorsichtig öffnete und mit einem lauten „Oh!“ die Neugierde ihrer anderen beiden Freundinnen weckte.

„Zeig doch mal her“, bat Sofia sie. Sie hatte schließlich die Truhe zuerst entdeckt.

„Die Schrift lässt sich kaum entziffern. Nur die Zahlen sind lesbar. Schaut mal, hier steht ein Eintrag vom sechsten Januar 1921!“

„Ja Wahnsinn. Das ist hundert Jahre her! Leute, seht mal die Fotos hier.“ Hannah hatte eine kleine schwarze Schachtel geöffnet, auf der in Goldbuchstaben „Fotoatelier Miller“

stand, und hielt eine Schwarz-Weiß-Fotografie in der Hand.

„Die Frau in der Mitte sieht deinem Vater sehr ähnlich, findest du nicht?“, meinte Sofia, die Hannah das Foto aus der Hand nahm und es genauer betrachtete.

„Irgendwie schon, ja ...“

Hannah saß mittlerweile auf dem staubigen Boden an die Kiste gelehnt und der Inhalt der alten Truhe verteilte sich um sie herum. Auch Sofia, Lisa und Sarah machten es sich gemütlich und nahmen Notizbücher, Briefpacken und Kästchen entgegen, die Hannah ihnen reichte. Der gesamte Inhalt der Truhe wurde auseinandergenommen.

Sie fanden Tagebücher, akribisch über Jahre geführt, in schwer zu entziffernder alter Handschrift. Außerdem entdeckten sie Liebesbriefe eines unbekannten Herren, der nur mit seinen Initialen unterschrieben hatte, Schachteln mit getrockneten Blumenköpfen und noch mehr Fotos aus damaliger Zeit.

Diese zeigten ziemlich sicher Hannahs Urgroßmutter Rose mit ihren Freunden und vereinzelt einem gut aussehenden jungen Mann, den die Mädchen sofort als den mysteriösen

Liebesbriefschreiber identifizierten. Hannah hing über einem Brief und versuchte, die ersten Zeilen zu entziffern, musste aber schnell aufgeben, da sie die alte Handschrift nicht lesen konnte.

„Lasst uns im Internet nachsehen, was das für eine Handschrift ist, dann können wir die Briefe vielleicht entziffern“, schlug Lisa vor, die Hannahs Enttäuschung bemerkte.

Auf einigen Bildern sah man, dass Hannahs Urgroßmutter eine Kette mit einem auffälligen Medaillon um den Hals trug. „Das ist aber schön. Hat deine Mutter dieses Medaillon jetzt?“, fragte Sofia neugierig.

„Nicht dass ich wüsste, ich habe es noch nie an ihr gesehen, was aber nichts heißen soll. Ich werde sie fragen. Überhaupt würde ich gerne mehr über meine Urgroßmutter und ihren Verehrer wissen. Das scheint eine intensive Liebesbeziehung gewesen zu sein, wenn man die vielen Briefe hier sieht. Vielleicht weiß mein Vater mehr“, antwortete Hannah.

„Dann fragen wir ihn doch. Wir sind ohnehin mit den Kisten durch und so langsam sehne ich mich wieder nach Licht und – Eis!“

„Und Apfelkuchen!“, rief Hannah, die abrupt aufstand, sodass einige Briefe von ihrem Schoß fielen und auf einem unordentlichen Haufen liegen blieben.

„Aber diese historischen Schätze sollten wir geordnet auch mit hinunternehmen, oder?“, schlug Lisa vor.

„Klar, meinen Vater wird das sicher auch interessieren und vielleicht fällt ihm beim Anblick der Fotos die eine oder andere Familiengeschichte ein.“

„Die will ich aber nur hören, wenn sie abenteuerlich sind“, lachte Sarah, der der Gedanke an alte Geschichten aus Hannahs Familie nicht so verlockend erschien.

Vorsichtig wurden die Briefe wieder zusammengefaltet und geschichtet, die Notizbücher auf Stapel gelegt und Fotokartons ausgewählt, die die Mädchen mit nach unten nehmen wollten.

Dann erhoben sie sich, klopften den Staub von ihren Hosenbeinen und jede nahm einen Packen Vergangenheit, vollgefüllt mit Erinnerungen aus dem Leben von Hannahs Urgroßmutter Rose Kramer, unter die Arme und balancierte ihn die steile Treppe hinunter. Anschließend wurden die Spielzeugkisten geschoben und gehievt, bis alles im Flur im ersten Stock neben Hannahs Zimmertür stand, und die Mädchen liefen gut gelaunt die Treppe hinunter Richtung Küche.

Alte Geschichten

Die Mädchen genossen ihre großen Eisbecher mit drei Kugeln, Sahne und frischen Früchten, während sie Mrs und Mr Kramer ganz begeistert von ihrem Fund auf dem Dachboden erzählten.

„Mir war gar nicht klar, dass so eine Truhe dort oben existiert, wusstest du davon, Caroline?“, fragte Mr Kramer erstaunt seine Frau.

„Sie ist mir einmal aufgefallen, als ich Hannahs und Mias Kuscheltiere in einen Karton gepackt habe. Ich dachte, du wüsstest, was darin ist“, gab Mrs Kramer verwundert zurück.

„Zeig doch mal die Briefe und Fotos, jetzt bin ich neugierig geworden“, forderte Oliver Kramer interessiert seine Tochter auf, die daraufhin eine Schachtel mit Fotos hervorholte und einen Packen Briefe darauflegte.

„Deine Oma hatte offensichtlich einen glühenden Verehrer, Papa. Diese ganzen Briefe sind von ein und demselben Mann geschrieben. Leider unterschrieb er nur mit seinen Initialen und nicht mit seinem Namen. Schade eigentlich ...“, überlegte Hannah. Dann griff sie in die Fotokiste und holte ein Bild hervor.

„Schau dir mal dieses Foto an, Papa. Siehst du die Kette um den Hals deiner Oma? Ist die nicht wunderschön?“

„Sie ist auf jeden Fall nicht zu übersehen und meine Großmutter trägt sie voller Stolz“, schmunzelte Oliver Kramer.

„Hast du diese Kette jetzt, Mama?“, fragte Hannah neugierig. Sie konnte es nicht erwarten, das auffällige Medaillon in den Händen zu halten und zu öffnen. Wer weiß, was zum Vorschein kam …

„Ich höre von diesem Schmuckstück das erste Mal, Hannah."

„Von wann sind denn die Tagebücher und Erinnerungsstücke, Briefe und Fotos überhaupt?", wollte Oliver Kramer jetzt wissen.

„Wir haben mehrere Jahreszahlen entdeckt, die alle um das Jahr 1920 sind", sagte Hannah.

„Das ist ja interessant …", murmelte Mr Kramer und wurde plötzlich ganz aufgeregt.

„Da fällt mir etwas ein. Es gab vor langer Zeit einen großen Einbruch hier auf Lakeside. Mein Großvater hat mir davon erzählt. Seine Mutter muss zu der Zeit noch eine junge Frau gewesen sein, jedenfalls konnte er sich nur noch schemenhaft an die Gespräche seiner Eltern erinnern, die um den Raub gingen. Er war damals noch ein kleiner Junge."

„Ein großer Diebstahl, hier auf Lakeside?“, fragte Sarah aufgeregt. Die Familiengeschichte versprach doch noch spannend zu werden. Bis jetzt hatte sie sich lieber ihrem Eisbecher als den ganzen Details ihres Fundes gewidmet.

„Was wurde denn alles gestohlen?“, wollte jetzt auch Lisa genau wissen, die wie Sarah zwar zugehört hatte, aber ebenfalls weniger interessiert an der Geschichte von Hannahs Großmutter war. Das Medaillon allerdings fand sie schon spannend, genauso wie Sofia, die schöne Dinge liebte.

„Wurde das Medaillon gestohlen?“, fragte Sofia deshalb sofort und nahm Hannah das Foto aus der Hand, auf dem ihr eine junge attraktive Frau mit einem großen ovalen Anhänger um den Hals entgegensah.

„Soweit ich es von meinem Großvater und später von meinem Vater gehört habe, wurden Gemälde, Silber und der gesamte Familienschmuck gestohlen“, antwortete Mr Kramer.

„Du meine Güte, wie konnte denn so etwas passieren?“, fragte Hannah entsetzt.

„Mein Urgroßvater war auf einer Pferdeausstellung und seine gesamte Familie begleitete ihn. Das müssen die Räuber vermutlich mitbekommen haben."

„Gab es denn so viel zu holen auf Lakeside?", wollte nun Mrs Kramer wissen.

„Offensichtlich ja, denn die Familie Kramer gehörte zur damaligen Zeit zu einer der wohlhabendsten Familien der Gegend."

„Das waren noch Zeiten", seufzte Caroline Kramer. „Ist denn etwas von dem Diebesgut wiederaufgetaucht?", fragte sie dann weiter.

„Tatsächlich kamen bei Händlern einige Schmuckstücke aus dem Raub zum Vorschein. Auch das ein oder andere Gemälde wurde wohl wiedergefunden."

„Und das Medaillon?", wollte Sofia wissen.

„Da es sich nicht unter Mamas Schmucksachen befindet, blieb es wohl verschwunden", schloss Hannah.

„Das ist aber schade. Und es gibt keinen Anhaltspunkt, wo es sein könnte?", fragte Sarah nach, die jetzt doch interessiert daran war, was es mit diesem Medaillon, Hannahs Urgroßmutter und ihrer großen Liebe auf sich hatte.

„Der Raub ist Jahrzehnte her. Und die Schmuckstücke, die damals wiederauftauchten, fanden sich schon nach kurzer Zeit wieder, da die Polizei alle Schmuckhändler in der Gegend mit Fotos davon sensibilisiert hatte. So erzählte es jedenfalls mein Großvater später, nachdem er einige Nachforschungen über diese Sache angestellt hatte."

„Das ist so spannend!", rief Sarah aus.

„Und frustrierend, dass ausgerechnet das Medaillon verschwunden geblieben ist", murmelte Hannah leise.

„Vielleicht verraten die Tagebücher und die Briefe etwas mehr", überlegte Sofia.

„Und wie das?", fragte Hannah.

„Wir können etwas über die Herkunft des Schmuckstücks erfahren, eventuell weitere

Fotos finden und im Internet nach ähnlichen Medaillons suchen ...“

„Hm, das klingt wenig vielversprechend, aber die Briefe und die alten Notizbücher wollten wir uns ja ohnehin vornehmen, nachdem wir herausgefunden haben, in welcher Schrift sie verfasst sind“, stimmte Hannah zu.

Die Mädchen beschlossen, sich am nächsten Tag zu treffen. Sarah wollte im Internet bis dahin eine Vorlage für die alte Handschrift heraussuchen, in der die Briefe des geheimnisvollen Verehrers von Hannahs Urgroßmutter Rose und ihre Tagebucheinträge geschrieben waren. Dann wollten sie sich richtig Zeit nehmen, die Geschichte der beiden zu durchleuchten. Jetzt war nicht nur Hannah neugierig, sondern auch Sarah, Lisa und Sofia wollten erfahren, wie es damals so war, verliebt zu sein – und wieso Rose dieses außergewöhnliche Schmuckstück besaß.

Wirbelsturm

Den Kopf noch voll von all den Neuigkeiten über Hannahs Familie und den spannenden Geschichten, die sich ihnen eröffnet hatten, traten die Mädchen nach draußen. Sie wollten in den Ställen nach ihren Lieblingen sehen.

„Was macht denn unser neuer Pferdetransporter auf dem Hof?“, wunderte sich Hannah. Die Kramers hatten den Wagen vor Kurzem erworben und er wurde bis jetzt nur in seltenen Fällen eingesetzt.

Tom stieg aus und öffnete die Tür, um ein bildschönes graues französisches Reitpferd herauszulassen, das sich sehr langsam nach draußen bewegte.

„Ruhig, mein Guter, ganz ruhig. Komm schon, Wirbelsturm, hier wird es dir gut gehen. Wir kümmern uns um dich und werden es sicher schaffen, dich wieder für große Auftritte fit zu machen." Tom sprach ganz sanft.

„Tom, wen bringst du uns da nach Lakeside?", fragte Hannah überrascht, und zwar nicht nur von Toms neuem Ton, der seiner Stimme einen ganz weichen Klang verlieh. Außerdem war sie von der Schönheit des Pferdes beeindruckt.

„Darf ich vorstellen: Das ist Wirbelsturm. Er hat eine schwere Zeit hinter sich und sein Besitzer, ein alter Freund deines Vaters, bat mich, mich um ihn zu kümmern und ihn wieder turniertauglich zu machen. Kennt ihr Wirbelsturm von Marcus Leeman, dem berühmten Dressurreiter?"

„Nicht DER Marcus Leeman, oder?“, fragte ihn Sarah entgeistert.

„Genau der! Wusstest du nicht, dass dein Vater mit ihm schon lange guten Kontakt pflegt?“, erwiderte Tom jetzt an Hannah gewandt.

„Er erwähnte mal, dass sie sich ab und zu auf Turnieren treffen, aber ...“

„Jedenfalls hat dein Vater mich gebeten, ihn wieder so weit in Form zu bringen, dass er Dressur reiten kann. Wirbelsturm hatte einen Unfall, der ihn stark traumatisiert hat."

„Und du sollst ihn heilen, als Pferdeflüsterer sozusagen, oder bist du sein Therapeut?", fasste Sofia Toms Kommentar zusammen.

„Sozusagen. Aber jetzt muss ich mich um Wirbelsturm und seinen Stallplatz kümmern. Wir sehen uns." Und Tom begann wieder, etwas in die Ohren des schönen Pferdes zu flüstern, was die Mädchen nicht mehr verstanden.

„Das ist ganz was Neues – Tom als Pferdeflüsterer auf Lakeside", wunderte sich Hannah.

„Und du wusstest wirklich nicht, dass dein Vater Marcus Leeman kennt? So was weiß man doch, Hannah", wunderte sich Sarah.

„Ja, eigentlich hast du recht. Ich werde Papa darauf ansprechen. Aber ich bin überrascht, dass ausgerechnet Tom das Pferd heilen soll."

„Also ich finde, das passt zu ihm", meinte Sarah und bekam einen leicht verträumten Blick.

„Wir wissen, dass du Tom magst", grinste Lisa „aber denk an Max, was würde der sagen?"

„Was soll Max dazu sagen? Er weiß, dass ich Tom mag", erwiderte Sarah entspannt.

„Ach so", sagte Sofia und grinste.

„Lasst es gut sein", beendete Hannah das Thema. „Wie machen wir jetzt weiter in Sachen geheimnisvolles Medaillon?"

„Na wie besprochen. Ich kümmere mich um Recherchen zur Handschrift – dafür muss ich noch einen Brief einpacken", erinnerte sich Sarah, „und dann treffen wir uns morgen zum Liebesbriefelesen. Klingt doch gut, oder?"

„Meinst du das ernst?", fragte Sofia skeptisch, die ihre Freundin gut kannte. Sarah war eher abenteuerlustig als romantisch.

„Na klar. Wir sind auf der Spur von mysteriösen Dieben aus alten Zeiten", meinte Sarah.

„Na ja, wir sind hier eher auf der Suche nach dem verschwundenen Diebesgut der Familie Kramer", korrigierte sie Lisa. „Ob da Liebesbriefinhalte weiterführen, weiß ich nicht. Aber unterhaltsam ist es bestimmt, in eine Liebesgeschichte aus alten Zeiten Einblick zu bekommen."

„Und wann und wo sehen wir uns morgen?", fragte Sofia in die Runde.

„Kommt doch einfach her, dann können wir es uns auf unserem Balkon oben gemütlich machen und wenn wir genug in alten Briefen und Tagebüchern gestöbert haben, noch eine Runde ausreiten. Es soll herrlich werden morgen, wieder so heiß wie heute", schlug Hannah vor.

„Das klingt gut. Dann Morgennachmittag wieder hier. Wie üblich", grinste Sarah.

Das Medaillon

Vier große Gläser mit Kakao und jeweils zwei große Kugeln Vanilleeis mit Sahne standen auf dem Balkontisch. Hannah hatte sie eben mit einem großen Tablett nach oben balanciert. Jetzt lief sie bereits das dritte Mal die Treppe hinunter, um die Fotokiste und einen Stapel Briefe und Tagebücher zu holen, die noch in der Küche auf der Kommode lagen.
Da kamen Sarah und Lisa erhitzt und etwas außer Atem in die Küche gelaufen.
„Sind wir zu früh?“, fragte Sarah, die noch den köstlichen Duft des Mittagessens in der Küche

wahrnahm und Hannah beim Schichten der Dokumente erwischte.

„Euer Timing ist perfekt. Die Eisschokolade wartet schon und schmilzt so langsam vor sich hin“, lachte Hannah. „Wo ist Sofia?“

„Hier!“, hörte sie die Stimme ihrer Freundin im Rahmen der großen Küchentür, die direkt in den Hof hinausging. „Blossom wollte sich nicht von mir trennen“, erklärte sie.

„Na, wahrscheinlich konntest eher du dich nicht von ihr trennen“, lachte Hannah.

„Können wir dir helfen?“, fragte Lisa zuvorkommend, die bemerkte, dass der Stapel auf Hannahs Unterarmen gefährlich schwankte.

„Nimm einfach die oberen fünf Bücher runter“, schlug Hannah vor, „und dann folgt mir.“

„Das sieht aber einladend aus“, rief Sofia, als sie hinter Hannah auf den Balkon trat, der an Hannahs und Mias Zimmer angrenzte und von dem aus man einen herrlichen Blick über die Koppeln von Lakeside hatte. „Danke für das perfekte Catering!“

„Das kannst du nachher meiner Mutter sagen“, grinste Hannah.

„Dann lasst uns gleich mal loslegen!“, meinte Sarah, allerdings bezog sich das eher auf die Eisschokolade als auf die Liebesbriefe, nach denen Lisa jetzt griff.

„Was haben denn deine Recherchen ergeben?“, fragte Hannah, während sie nach dem kühlenden Getränk griff und zuerst die Sahne herunterlöffelte.

„Also, die Schrift, in der die ganzen Einträge und Briefe verfasst sind, ist eine typische kantige Schreibschrift. Sie war die damals gängige Schreibschrift und weicht von unserer heutigen stark ab“, begann Sarah ihren neugierigen Freundinnen zu erklären.

„Das haben wir bemerkt“, kommentierte Hannah Sarahs Ausführungen.

„Und wie können wir die Briefe jetzt lesen?“, wollte Sofia wissen.

„Wartet es doch ab“, meinte Sarah und widmete sich jetzt ebenfalls dem Glas vor sich. Dann griff sie zu ihrer Tasche, die sie mit nach oben genommen hatte und aus der sie nun einige Blätter herauszerrte, auf denen man ein altes Alphabet erkennen konnte.

„Das ist das Alphabet der alten Schrift“, erläuterte Sarah und reichte jeder ihrer Freundinnen einen Ausdruck.

„Wow, danke, Sarah“, sagte Hannah überrascht. Mit diesem Blatt schien es einfach, die Briefe und Notizbucheinträge zu entziffern. Sie zog einen Stapel Briefe zu sich heran, zupfte einen Umschlag heraus und öffnete ihn.

„Dann lass mich gleich mal probieren, ob ich mithilfe dieses Alphabets etwas entziffern kann“, meinte sie neugierig und begann, langsam zu lesen: „Mein Liebster, gestern waren wir auf dem Springreitturnier in Springdale City. Ich hatte gehofft, dich dort zu treffen, doch du warst nicht da. Was ist passiert? ..."

Hannah bekam große Augen. „Es funktioniert, ist aber richtig anstrengend!" Sie legte das Blatt vor sich hin und nahm einen großen Zug Kakao aus ihrem Strohhalm.

„Lass mich mal", meinte Sofia und griff nach einem Notizbuch, das sich als Tagebuch aus dem Jahr 1922 entpuppte. „Heute habe ich die schönste Überraschung meines Lebens erhalten. Ich bin verlobt!" Sofia stockte, nachdem auch sie wie in Zeitlupe, immer wieder zu Sarahs Ausdruck schielend, die ersten zwei Sätze entziffert hatte. „Da geht es sicher um deinen Urgroßvater!", meinte sie aufgeregt.

„Das glaube ich kaum. Bis jetzt ist er uns auf keinem der Fotos begegnet. Lies weiter!"

„Ab heute werde ich es nie wieder ablegen. Mit dem Medaillon trage ich ihn immer nah bei meinem Herzen, das niemals Platz haben wird für jemand anderen. Ich bin so glücklich!"

„Ich kriege Gänsehaut", flüsterte Lisa.

„Hier, versuch du es auch mal. Es ist nicht leicht." Sofia reichte Lisa den Brief, den sie begonnen hatte.

Lisa begann langsam, aber sicher zu lesen: „Er sagt, es ist ein besonderes Geschenk, auf das ich gut achtgeben soll. Ich liebe sein Bildnis darin. Was Vater wohl dazu sagen wird? Ich ..." Lisa machte Pause. „Du hast recht, das Nachsehen hält ganz schön auf", gab sie zu.

Sofia war völlig aus dem Häuschen. „Ja Wahnsinn, so ein Geschenk zur Verlobung ist doch mal was anderes."

„Zu der es dann ja offensichtlich nicht mehr kam", bemerkte Sarah trocken.

„Stimmt. Der geheimnisvolle Verehrer wurde nicht ihr Mann und damit nicht Hannahs Urgroßvater."

„Was da wohl vorgefallen ist?“, überlegte Hannah.

„Das finden wir ja vielleicht noch in den Briefen und Tagebucheinträgen heraus ...“, schlussfolgerte Sofia.

„Die ganze Lektüre möchte ich aber nicht übernehmen, so langsam, wie das geht“, beschwerte sich Sarah und lenkte das Thema auf den aus ihrer Sicht sehr viel spannenderen Teil der Geschichte.

„Mädels, lasst uns doch mal im Internet recherchieren, was es mit dem Diebstahl damals auf sich hatte. Wir sollten versuchen, etwas mehr über das Medaillon herauszufinden, als dass es ein Verlobungsgeschenk war“, schlug sie vor.

„Ich finde das schon ziemlich interessant, dass meine Urgroßmutter eine geplatzte Verlobung hinter sich hatte, bevor sie meinen Urgroßvater traf“, meinte Hannah.

„Und das in den damaligen Zeiten“, bestätigte sie Lisa.

„In Ordnung, ich gebe ja zu, das ist nicht uninteressant. Trotzdem interessiert mich dieser Diebstahl auf Lakeside damals sehr viel mehr als die Liebesgeschichten von Rose Kramer", grinste Sarah und forderte Hannah auf: „Gib doch mal ‚Diebstahl Lakeside' ein oder ‚Diebesgut' oder ‚Medaillon und Lakeside'."

„Ob uns das weiterbringt?", fragte Hannah skeptisch, folgte aber Sarahs Idee und tippte verschiedene Varianten ihrer Vorschläge in ihren Laptop ein. Sie fand tatsächlich das Bild eines Medaillons, das dem ihrer Urgroßmutter sehr nahekam, scrollte dann aber weiter.

„Stopp, halt mal an! Das ist doch genau das Medaillon, das wir suchen!", rief Sofia aus.

„Es ist etwas runder, siehst du das nicht?", wies Hannah sie auf den Unterschied hin.

„Stimmt. Ach schade. Na ja, dann such eben weiter", gab Sofia zu, und Hannah bemühte sich, mehr zu finden. Leider kam sie nicht viel weiter und klappte nach einiger Zeit frustriert den Laptop zu. „Das bringt nichts. Lasst uns eine Pause machen“, schlug sie vor.

„Gute Idee, das Entziffern der Briefe und Tagebucheinträge von Rose strengt echt an“, meinte Lisa.

„Reiten wir doch zum *Cups & Saddles* und statten Tom einen Besuch ab“, meinte Sarah.

„Wenn er überhaupt dort ist und sich nicht die ganze Zeit um Wirbelsturm kümmert, seinen neuen Schützling“, grinste Sofia.

„Richtig, da war doch was. Irgendwie finde ich das immer noch befremdlich, dass mein Vater Tom als Pferdeflüsterer ernst nimmt ...“, grübelte Hannah.

„Wer weiß, was da dahintersteckt“, meinte Sarah leichthin und begann, die ganzen Dokumente zusammenzuräumen, Briefe zu falten und Stapel daraus zu machen.

Überraschende Begegnung

Als die alten Schriftstücke endlich wieder ordentlich verstaut in einer Kiste gelandet waren, liefen die Mädchen zu den Ställen, um ihre Lieblinge zu satteln.

„Ich freue mich auf eine Runde Galopp“, meinte Lisa und schaute verschmitzt zu Hannah. „Wettrennen, Hannah?“, grinste sie. Sofia und Sarah zuckten nur mit den Schultern.

„Klar, sobald wir auf dem Feldweg sind“, lachte Hannah.

Wenige Minuten später saßen die Freundinnen auf ihren Pferden und trabten Richtung

Peppertree-Wald. „Auf die Plätze, fertig, los!“, rief Hannah und spornte Cayenne an.

„Diesmal gewinne ich!“, sagte Lisa lachend und preschte voraus.

„Wir treffen uns am Wasserfall!“, schrien ihnen ihre beiden zurückgelassenen Freundinnen hinterher, aber der Weg zum *Cups & Saddles*-Reitercafé führte sowieso am Wasserfall vorbei.

„Die beiden können es auch nicht lassen“, meinte Sofia kopfschüttelnd und lotste Blossom entspannt in Richtung Wasserfall.

„Lass uns hinterhertraben, Sofia“, schlug Sarah vor, „oder hast du auch Lust auf Galopp? Mir ist gerade danach, nachdem wir so viel nachgedacht und uns konzentriert haben.“

Sofia lachte. „Also gut, auf geht’s!“

Beide Mädchen ritten mit Tempo hinter ihren Freundinnen her, die man nur noch von Weitem erkennen konnte.

Gerade als sie im Wald ankamen und Richtung Wasserfälle abbiegen wollten, hörten sie lautes Wiehern.

„Das klingt aber nicht nach Cayenne oder Storm ...", bemerkte Sarah, und als sie weitersprechen wollte, rief Sofia: „Tori! Was machst du denn hier?"

Erschrocken drehte sich ein blondes Mädchen in eleganten Reitklamotten auf seinem schwarz schimmernden Pferd zu ihnen um.

Da kamen ihnen auch schon Hannah und Lisa entgegen. „Wo bleibt ihr denn, wir wollten gerade nach euch sehen", meinte Hannah aufgeregt.

„Jetzt macht mal halblang, so langsam waren wir nun auch wieder nicht. Wir sind euch hinterhergetrabt und haben euch doch eben noch gesehen."

„Stimmt, so lang war es wirklich nicht. Hannah zieht es zu Toms Muffins", erläuterte Lisa beschwichtigend Hannahs kleinen Ausbruch. „Die Eisschokolade hat scheinbar nicht gereicht", lachte sie.

„Kann ich jetzt bitte mal vorbei?", schaltete sich Tori ein, die inmitten der Vierergruppe stand und ihr Pferd Princess an Blossom vorbeilenken wollte. Aber die Pferde kannten und

mochten sich und Princess schien keine Eile zu haben, seiner Reiterin sofort zu gehorchen. „Princess, jetzt komm schon, wir haben es eilig, Tom wartet."

Sofia saß auf Blossom und erstarrte. Ihr Blick war an etwas golden Blitzendem um Toris Hals hängen geblieben. Das war doch ...

Noch bevor sie ihre Freundinnen darauf aufmerksam machen konnte, ließ Blossom Toris Stute vorbei und das Mädchen trabte ohne ein Wort Richtung Lakeside davon.

„Was war das denn?“, wunderte sich Sarah.

„Und vor allem, was war denn das um ihren Hals?“, meinte Sofia aufgeregt. „Habt ihr denn nicht die Kette mit dem Anhänger gesehen, die Tori trug?“

„Nö, was war das für eine Kette? Du scheinst ganz verblüfft zu sein, Sofia“, wollte Lisa nun auch wissen.

Sie trieb Storm liebevoll an und ritt neben Sofia zum Wasserfall. Dort stiegen sie ab und ließen ihre Pferde in Ruhe trinken. Sofia setzte noch einmal an und sagte mit Nachdruck: „Es war das Medaillon! Glaubt mir, Tori trug das Medaillon deiner Urgroßmutter, Hannah!“

„Echt jetzt? Wie soll das denn gehen? Das musst du verwechseln.“

„Aber wenn ich es doch sage! Blossom und ich standen ja eine ganze Weile neben Tori, und da konnte ich gut erkennen, dass das runde Amulett um ihren Hals genauso aussah wie das Medaillon, das wir auf den alten Fotos gesehen haben.“

„Unmöglich ...“, überlegte Sarah.

„Wieso? Es könnte doch sein, dass ...“

„Also Mädels, bevor wir hier weiter mutmaßen, schlage ich vor, wir fragen Tori einfach“, meinte Lisa ruhig.

„Wann?“, wollte Hannah leicht genervt wissen.

„Warum nicht gleich. Ihr habt doch gehört, sie hat jetzt Reitstunde bei Tom, sodass wir unser Treffen mit ihm im Café sowieso vergessen können – auch wenn ein Muffin das sicher ausgleichen würde, ich weiß, Hannah“, lenkte Lisa ein, „aber ich finde es spannender herauszufinden, ob Tori tatsächlich euer altes Familienerbstück trägt.“

„Das wäre ja der Hammer und würde ganz viele neue Fragen aufwerfen“, überlegte Sarah fieberhaft.

„O.k., gewonnen. Reiten wir zurück, kümmern uns noch etwas um unsere Pferde und fangen Tori ab, wenn sie die Reitstunde bei Tom hinter sich hat“, meinte Hannah langsam.

„Sie macht Springreiten. Wir können auch gleich zum Springreitplatz aufbrechen und dort warten.“

„Warum nicht“, fand Sofia.

Hannah überlegte noch einmal und machte noch einen Vorstoß: „Also ich finde, ein kleiner Abstecher zum *Cups & Saddles* ist trotzdem noch drin. Ein schneller Muffin und ein leckerer Kakao mit Marshmellows gehen immer, oder? Außerdem will ich nicht die ganze Stunde bei Toris Springreitstunde zusehen“, versuchte Hannah, ihre Freundinnen noch umzustimmen.

„Na guuut“, lachten Lisa und Sarah. Nun gab auch Sofia nach und wenig später saßen sie auf und trabten zum Café hinüber, das jetzt nicht mehr weit war.

Nachdem die Freundinnen ihren Wasserfallausflug mit einem Besuch im *Cups & Saddles*-Reitercafé abgerundet hatten und gut gelaunt wieder auf Lakeside eintrafen, stand Tori mit Princess noch auf dem Hof und unterhielt sich mit Tom.

„Hallo, Tom, wir haben dich im Café vermisst!“, rief Hannah schon von Weitem.

„Morgen wieder, heute war Toris Reitstunde“, grinste er und Tori nickte den Mädchen nur kurz arrogant zu.

„Und dann gibt es ja jetzt auch noch Wirbelsturm“, meinte Sarah wissend. Tom nickte.

Sofia, Sarah und Lisa brachten ihre Pferde weg, während Hannah Tori in ein Gespräch verwickelte. Sie hatte das Medaillon entdeckt.

„Sag mal, Tori, ist so eine Kette beim Springreiten nicht schrecklich hinderlich? Der Anhänger scheint mir ganz schön groß zu sein“, bemerkte Hannah und sah Tori dabei herausfordernd an.

„Ach das. Na ja, wahrscheinlich hast du recht. Aber ich habe diese Kette noch nicht so lange und liebe das Medaillon einfach. So etwas hast du sicher nicht“, grinste Tori stolz und zeigte Hannah das große Oval mit dem blauen Stein.

„Ganz schön altmodisch“, gab Hannah betont gelangweilt zurück, während sie innerlich große Freudensprünge machte. Gleichzeitig tauchte aber auch ein Riesenfragezeichen in ihrem Kopf auf. Das war das Medaillon, das sie suchten,

und es hing direkt vor ihren Augen an Toris Hals!

„Aber bei der nächsten Springstunde lässt es du es lieber zu Hause, Tori. Es kann dich tatsächlich behindern oder verloren gehen, wenn du mit Princess Hindernisspringen machst“, wandte Tom ein.

„Jaja, schon gut“, maulte das Mädchen und wendete sich dann ab, um Princess zu putzen.

Sarah, die jetzt mit Lisa und Sofia dazugekommen war, nachdem sie ihre Pferde versorgt und in die Ställe gebracht hatten, nutzte die Gelegenheit, um Tom nach seiner neuen Aufgabe zu fragen. Sie hoffte, etwas mehr über die Fähigkeiten eines Pferdeflüsterers zu erfahren, denn das Thema interessierte sie schon lange. „Was macht Wirbelsturm?“, fragte sie neugierig.

„Es geht ihm gut, danke, dass du nachfragst. Wir machen Fortschritte. Seit heute steht er auf der Koppel mit den anderen Pferden, allerdings bleibt er für sich. Aber es wird ...", erzählte Tom bereitwillig. Die Mädchen spürten die Freude in seiner Stimme darüber, dass sein Schützling langsam auftaute.

„Bis wann sollst du ihn wieder turniertauglich gemacht haben?", wollte Hannah wissen.

„Das hat noch Zeit. Marcus Leeman hat sein Pferd für den ganzen Sommer hier eingemietet, und dein Vater gibt ihm wöchentlich ein Update, wie es mit Wirbelsturm läuft."

„Das scheint ja eine ganz schön ernste Sache zu sein."

„Schon, aber wenn du mehr wissen willst, Hannah, frag deinen Vater. Ich muss zu ..."

„... Wirbelsturm", beendeten die Mädchen Toms Satz und lachten.

„Genau." Er fiel in ihr Lachen ein und wandte sich dann zum Gehen, um seinen Schützling über Nacht in den Stall zu holen.

Kaum war Tom gegangen, sprudelte es aus Hannah heraus. „Wollt ihr gar nicht wissen, wie mein Gespräch mit Tori war?“, fragte sie enttäuscht.

„Natürlich, leg los, Tom und seinen Wirbelsturm finde ich eine interessante Geschichte – du nicht? Aber klar, erzähl, ist es das Medaillon, das wir suchen?“, fragte Sarah gespannt.

„Ja! Es ist unverkennbar genau dasjenige, das uns so oft auf den Fotos begegnet ist. Sie behauptet, dass sie es erst vor Kurzem geschenkt bekommen hat und deshalb trägt sie es jetzt ständig. Tom war nicht so erbaut davon, denn beim Springreiten mit so einem Klunker aufzutauchen ist schon ganz schön mutig“, berichtete Hannah.

„Nachher verliert sie es noch und wir fangen wieder von vorne an“, lachte Sofia.

„Das wäre allerdings ungünstig“, bestätigte Hannah ernst.

„Und was machen wir jetzt?“, wollte Lisa wissen.

„Erst mal sacken lassen, schlage ich vor. Und morgen beratschlagen wir, was wir weiter unternehmen, oder?“, fand Hannah.

„Eine gute Idee“, bestätigte Sarah Hannahs Vorschlag und unterdrückte ein Gähnen.

„Dann sehen wir uns morgen? Gleich nach der Schule hier und dann reiten wir rüber zu unserem Geheimversteck?“, fragte Sofia.

„So machen wir es“, meinte Hannah und die Freundinnen verabschiedeten sich mit einer Umarmung voneinander.

Tom ist verwirrt

Als sich die Mädchen am nächsten Tag auf Lakeside trafen und auf dem Weg zu den Ställen waren, begegnete ihnen ein aufgebrachter Tom, der eben von der Koppel kam.

„Tom, was ist denn mit dir los? Du bist ja völlig durch den Wind. Ist ein Wirbelsturm daran schuld?", grinste Hannah und wollte Tom damit aufmuntern. Das ging allerdings nach hinten los.

„Haha, sehr witzig, Hannah!" Tom war nicht zu Scherzen aufgelegt. „Wirbelsturm ist auf mich losgegangen und hat mich gar nicht mehr erkannt. Alle unsere ersten Erfolge waren wie weggeblasen. Ich verstehe das nicht.“

„Das tut mir wirklich leid. Ich wollte dich nur aufheitern. Wie konnte das passieren?“, wollte Hannah es jetzt ganz genau wissen.

„Keine Ahnung. Er stand, wie häufig, allein am Gatter, und als ich auf ihn zuging, ist er hochgestiegen und auf mich losgegangen. Ich bin vor Schreck ausgerutscht und habe mir das Knie aufgeschürft.“

Sarah, Sofia und Lisa waren nun auch hinzugekommen. Sie hatten noch etwas länger bei ihren Pferden gestanden und erreichten nun Tom und Hannah, die noch auf dem Hof standen.

„Hallo, Tom, wie geht’s?“, fragte Sarah.

„Weniger gut. Danke der Nachfrage“, kam es knapp zurück.

„Wirbelsturm ist hochgestiegen und Tom hat sich verletzt“, ergänzte Hannah.

„Oh nein, wie furchtbar“, nahm Sofia Anteil.

„Das ist alles nicht weiter wild, ich frage mich nur, was plötzlich passiert ist, dass Wirbelsturm so reagiert hat. Vielleicht habe ich meine Fähigkeiten, schwere Traumata bei Pferden in den Griff zu bekommen, doch überschätzt“, grummelte Tom unglücklich. „Was soll ich denn jetzt deinem Vater sagen ...“

Es war offensichtlich, dass Tom dieses Ereignis sehr naheging.

„Das, was passiert ist. Er reißt dir schon nicht den Kopf ab. Du tust ihm einen Gefallen, und dass es auch mal Rückschläge gibt, weiß mein Vater besser als die meisten. Komm schon, lass den Kopf nicht hängen“, versuchte Hannah noch einmal, ihn aufzubauen.

„Jaja, das sagt sich so leicht, und ein bisschen mehr als ein Gefallen ist das schon, was ich hier mache ...“, murmelte er und verabschiedete sich dann von den Mädchen. Ihm war das

Gespräch offensichtlich unangenehm und er wollte sein Knie verarzten.

„Wir sehen uns“, riefen die Mädchen ihm hinterher und gingen dann langsam ins Haus. Den Plan mit dem Wohnwagenbesuch hatten sie verworfen, denn die ganzen Dokumente, die sie noch einmal sichten wollten, waren oben in Hannahs Zimmer. Das alles auf Pferderücken mitzuschleppen, schien den Mädchen dann doch etwas aufwendig zu sein.

„Außerdem steht noch eine Schale frischer Erdbeeren in der Küche und Mama hat Sahne geschlagen. Das dürfen wir sicher mit hochnehmen“, hatte Hannah noch eingeworfen.

Nun betraten sie die Küche und sprachen immer noch über ihre Begegnung mit Tom.

„So kenne ich Tom gar nicht. Diese Sache mit Wirbelsturm hat eine Wichtigkeit, die mich neugierig macht. Ich werde meinen Vater bei nächster Gelegenheit fragen“, meinte

Hannah zu Sarah, als sie zusammen die Treppe hinaufstiegen.

„Tom nimmt das Ganze meiner Meinung nach zu ernst. Er ist ziemlich angespannt, obwohl er doch sonst immer so souverän ist.“

„Das Pferd scheint tatsächlich ein Problem zu haben, und Tom und deinem Vater scheint es sehr wichtig zu sein, dass es ihm besser geht.

Vielleicht schauen wir uns diesen Wirbelsturm später mal genauer an?“

„Warum nicht“, meinte Hannah.

„Aber seid vorsichtig, wenn ihr bei Wirbelsturm vorbeigeht. Er scheint seinen Namen nicht zu Unrecht zu tragen“, meinte Sofia, die das Gespräch zwischen Hannah und Sarah mitbekommen hatte.

Die Freundinnen machten sich zuerst über die Schale Erdbeeren her, die sie mit auf den Balkon genommen hatten. Als alle aufgegessen waren, nahm Lisa das Notizbuch zur Hand, in dem Rose Kramer von ihrer Verlobung berichtete, und las weiter vor, was Hannahs Urgroßmutter festgehalten hatte.

Tatsächlich beschrieb sie das Medaillon ausführlich. Ein großes goldenes Oval mit eingravierten Maiglöckchen. Der Monat Mai war der Verlobungsmonat und dadurch für immer auf dem Deckel des Medaillons festgehalten worden. Außerdem zierte den Anhänger ein blauer Edelstein, der das Schmuckstück besonders wertvoll erscheinen ließ.

„Wow, was für ein individuelles Medaillon“, stellte Sofia fest.

„Ich habe es an Toris Hals gesehen, es ist wirklich auffällig, aber einen blauen Edelstein konnte ich nicht erkennen.“

„Wahrscheinlich ist der so geschickt eingearbeitet, dass man ihn nicht gleich sieht. Aber wertvoll ist das Schmuckstück bestimmt“, klinkte sich jetzt auch Sarah ein, die gerade dabei war, in dem Fotokarton zu kramen, um noch andere Bilder zu finden, auf denen man den Anhänger besser erkennen konnte.

„Ich glaube, mehr ist aus diesem Karton nicht zu holen“, sagte sie dann, und nachdem Lisa den Abschnitt aus dem Tagebuch fertiggelesen und noch in das ein oder andere reingeblättert hatte, legte sie die Bücher wieder auf einen Stapel und sagte: „Hier ist auch nichts Aussagekräftiges mehr, das uns weiterhilft."

„Immerhin haben wir eine detaillierte Beschreibung gefunden, die auf Toris Medaillon passt. Sollen wir eine Pause machen?", fragte Sarah in die Runde.

„Gerne. Wir könnten Wirbelsturm einen Besuch abstatten. Ich bin neugierig auf das Pferd", schlug Sarah vor.

„Einverstanden. Ich habe mir die Berühmtheit, die wir gerade auf unserem Hof beherbergen, noch gar nicht angesehen", stellte Hannah fest.

„Vor lauter Schmökern in Liebesbriefen und Ausfindigmachen von altem Diebesgut", lachte Lisa.

„Na dann, lasst uns zu den Ställen gehen", stimmte Sofia ebenfalls zu.

Als sie den Stall betraten, in dem auch ihre Pferde untergebracht waren, trafen sie erneut auf Tom, der Wirbelsturm gerade frisches Futter in den Trog legte.

„Euch sehe ich heute aber oft“, lachte er.

„Wir wollten uns deinen Schützling einmal aus der Nähe anschauen“, erklärte Sarah.

„Aber geht nicht zu dicht an die Stalltür, er ist nervös“, sagte Tom sofort.

„Keine Sorge, nach dem, was dir passiert ist, sind wir doppelt vorsichtig“, sagte Hannah.

„Ruhig, mein Guter“, redete Tom dem Pferd zu, als es unruhig den Kopf zu dem Besuch drehte, der nun in einigem Abstand zum Stalleingang stand und Tom beobachtete.

Sarah ging einen Schritt auf ihn zu, blieb aber sofort stehen, als Tom sie bittend ansah. „Schon gut, ich bleibe hier stehen“, sagte sie „Warum machst du das eigentlich, Tom?“, fragte sie dann langsam.

„Was denn? Mich um Wirbelsturm kümmern?“

„Genau."

„Ich habe Mr Kramer schon vor längerer Zeit erzählt, dass ich mich sehr für traumatisierte Pferde und Pferdepsychologie interessiere und dass ich gerne so eine Aufgabe übernehmen würde, wenn sich auf Lakeside eine Gelegenheit dazu ergäbe. Marcus Leeman scheint großes Vertrauen in Hannahs Vater zu haben und ..."

„... vielleicht will er meinem Vater einen Gefallen tun?", überlegte Hannah, die jetzt neben Sarah getreten war.

„Das ist tatsächlich so. Wirbelsturm kann hierbleiben, wenn er wieder ganz hergestellt ist", verriet Tom.

„Was? Das ... das hat mein Vater gar nicht erzählt", rief Hannah aufgebracht.

„Erst mal muss es ihm ja auch besser gehen. Aber wenn das gelingt, dann wäre Wirbelsturm dauerhaft bei uns untergebracht und

Marcus Leeman wird das sicher auch publik machen und unserem Hof etwas spenden."

„Und das wäre für Lakeside eine super Werbung", ergänzte Lisa jetzt.

„Das muss ich erst mal verdauen", sagte Hannah langsam und wandte sich ihren Freundinnen zu.

„Das sind in der Tat interessante Infos, Tom", meinte Sarah und knuffte Hannah in die Seite.

Die Mädchen gingen zu ihren Fahrrädern und verabschiedeten sich voneinander.

„Halte uns auf dem Laufenden, Hannah! Du fragst deine Eltern sicher gleich heute Abend beim Abendessen, oder?", vermutete sie und schaute ihre Freundin fragend an.

„Na logo, was denkst du denn", bestätigte Hannah.

„Mädels, sehen wir uns morgen?", fragte Sofia in die Runde.

„Klar. Wollen wir schwimmen gehen?"

„Im Blauen See? Darauf habe ich nicht so Lust, da waren wir in letzter Zeit so oft“, nörgelte Lisa.

„Dann lasst uns doch an den Strand gehen, der an eure große Koppel angrenzt, und da faulenzen“, meinte Sofia.

„Oh ja, das ist eine gute Idee. Aber nur mit gekühlter Limonade und wenn wir anschließend noch einen Besuch im Café machen, einverstanden?“, schlug Sarah vor.

„Aber Tom ist sicher nicht dort“, grinste Hannah.

„Als würde ich nur wegen Tom hinwollen. Hast du Max vergessen?“, rechtfertigte sich Sarah und grinste.

„Nö, nur habe ich den länger nicht gesehen und du scheinst dich sehr für Wirbelsturm zu interessieren“, neckte Sofia sie ebenfalls.

„Mädels, jetzt macht mal halblang. Max ist in Spanien für einen Sommerkurs und wohnt bei Julio, das wisst ihr doch. Und Wirbelsturm als Pferd von Marcus Leeman interessiert doch jeden, oder?", lachte sie.

„Fast jeden", grinste Lisa.

„Ist dann morgen also der Strandtag ausgemacht?", fragte Sofia jetzt erneut, um sich zu vergewissern, dass alle mit der Idee einverstanden waren.

„Na klar. Um zwei hier, und dann brechen wir gleich auf. Diesmal mit Fahrrädern, versteht sich", lachte Hannah.

Entdeckung am Strand

„Hannah, nimm noch eine Flasche Wasser mit!“, rief Mrs Kramer ihrer großen Tochter hinterher, die mit einem prallen Rucksack auf dem Weg nach draußen war.

„Oh, danke, Mama!“, rief Hannah und drehte sich noch einmal um. Mit der Flasche in der Hand lief sie auf den Hof, wo Sofia, Sarah und Lisa schon auf sie warteten.

„Wo bleibst du denn so lange?“, rief Sarah ihr entgegen.

„Es ist noch nicht mal zwei, entspann dich doch, Sarah“, gab Hannah lachend zurück und begrüßte dann Lisa und Sofia, die von ihren Fahrrädern gestiegen waren und neben Sarah standen.

„Kann es dann endlich losgehen?“, fragte Sofia gut gelaunt.

„Yep, auf zum Strand!“, rief Hannah freudig und lachend traten die Freundinnen in die Pedale. Die Sonne brannte heiß vom Himmel, und als die vier die Steintreppe erreichten, die zum versteckten Strand führte, waren sie so erhitzt, dass sie es kaum erwarten konnten, ins kühle Meer zu springen.

Sie schlossen ihre Räder zusammen und hüpften die Treppe hinunter zum Strand. Der kleine Sandstreifen lag verborgen zwischen Felsen unterhalb einer großen Koppel, die noch zu Lakeside gehörte.

„Warum sind wir hier so selten?“, fragte Lisa, die als Erste unten angekommen war und sich erschöpft auf den Sand fallen ließ.

„Weil wir ungern ohne unsere Lieblinge Ausflüge machen", erklärte Sofia wie selbstverständlich.

„Und ehrlich, diese Treppe ist nicht ohne. Die müssen wir irgendwann auch wieder hochsteigen", sagte Sarah atemlos. Sie war hinter Lisa hergelaufen und ließ sich jetzt neben ihrer Freundin nieder.

„Ihr tut ja gerade so, als wärt ihr total unsportlich", wunderte sich Hannah, die ein Strandhandtuch aus ihrem Rucksack herausholte und ausbreite. Sie begann, sich auszuziehen, und stand als Erste im Badeanzug neben ihren Freundinnen.

„Was ist nun? Wer kommt mit rein?", fragte sie herausfordernd.

„Ich brauche eine Abkühlung", sagte Sarah und schälte sich ebenfalls aus ihren Klamotten.

„Wir kommen nach", rief Sofia ihnen hinterher, denn sobald auch Sarah ihr Handtuch ausgebreitet hatte, lief sie Hannah nach, die schon mit den Füßen im Wasser stand. Sarah und Hannah schwammen in schnellen Zügen auf das Meer hinaus. Kurz darauf waren sie

nur noch zwei kleine Punkte auf der glitzernden Oberfläche. Doch plötzlich fiel Hannah auf, dass der Strand in bedrohliche Ferne gerückt war, und so bemühten sie sich, dem Küstenstreifen schnell wieder näher zu kommen.

Etwas aus der Puste folgte Sarah mit ihren Blicken den Möwen am Himmel, die die Felsen links von ihrem Strand anpeilten. Plötzlich waren sie verschwunden.

„Hannah?“, rief sie.

„Ja?“, kam es leicht keuchend von links.

„Wo sind denn die Möwen hin?“

„Was? Na, am Himmel“, rief Hannah zurück.

„Nein, die vier, die eben noch über uns waren ...“, erklärte Sarah heftig schnaufend, während sie Richtung Ufer schwamm.

Da tauchten zwei der Vögel wieder auf. Sie schienen aus einer Felsspalte zu kommen, die sich zwischen Felswänden auf der linken Seite des Strandes öffnete.

Sarah schwamm nun schneller und war froh, als sie Boden unter den Füßen spürte. Hannah war dicht hinter ihr.

Als Sarah sich aus dem Wasser erhob, lief sie direkt zu der Felswand, von der sie die letzten Minuten ihren Blick nicht mehr abgewendet hatte. Sie konnte nichts erkennen.

„Was ist denn mit dir?“, fragte Hannah.

„Eigenartig. Da waren doch eben noch die zwei Möwen bei der Felswand hier. Zuerst hatte ich sie aus dem Blick verloren und dann sind sie genau hier wiederaufgetaucht und davongeflogen.“

„Seit wann interessierst du dich für Vögel?“

„Hey, schau doch mal, Hannah, hier ist eine schmale Spalte zwischen den Felsen, die man von Weitem nicht erkennen kann.“

Kaum hatte Sarah den Satz beendet, begann sie, sich durch den engen Eingang zu drücken, und verschwand.

„Sarah, bist du verrückt? Warte auf mich!", rief Hannah aufgeregt.

Einen Moment später stand sie neben ihrer Freundin in einer Höhle, die so groß war, dass Hannah vor Überraschung kein Wort herausbrachte. Über ihnen öffnete sich eine weitere Spalte zwischen den Felsen, sodass helle Sonnenstrahlen wie Scheinwerferlicht hindurchdrangen und den Raum fast taghell ausleuchteten.

„Wahnsinn", flüsterte Sarah, die begonnen hatte, die Höhle zu erkunden.

„Au!" Ein gellender Schrei durchdrang die Stille und sofort war Hannah bei Sarah.

„Um Himmels willen, was hast du denn?", fragte sie besorgt und schaute dann auf den Boden, auf den Sarah zeigte.

„Mein Zeh! Ich habe mich an diesem Ding hier gestoßen", presste sie zwischen den Lippen hervor.

„Das ist eine Metallkiste, Sarah!“

„Ja und?“

„Warum bitte steht hier in dieser Höhle einfach so eine Metallkiste herum, die auch noch mit einem riesigen Schloss verhängt ist, das der professionellste Schlösserknacker wahrscheinlich nicht aufkriegt?“, fragte sie irritiert.

„Das wollen wir doch mal sehen. Lass uns das Ding hier rausschaffen und draußen versuchen, es zu öffnen. Wer weiß, was es enthält. Hannah, vielleicht haben wir einen Schatz gefunden!“, überlegte Sarah. Sie war plötzlich ganz aufgeregt und schien ihren verletzten Zeh ganz vergessen zu haben.

Hannah bückte sich, um die Kiste, die nicht viel größer als ein Schuhkarton war, hochzuheben. „Sie steckt fest“, ächzte sie, als sie an den Kanten der Metallbox ruckelte.

„Warte, ich versuche, mit diesem Stein die hintere Ecke frei zu schlagen“, rief Sarah.

Sie bemühte sich, das Metall mit dem Stein so zu bearbeiten, dass es nachgab und sich die Kiste leichter herauslösen ließ.

Nach gut zehn Minuten begann sich die Box zu bewegen, wenn Sarah daran rüttelte.

„Sie gibt nach, jetzt, Hannah, zieh!“, forderte Sarah ihre Freundin auf.

„Sarah, Hannah“, schallte es von der Ferne nach innen in den kühlen Felsenraum.

„Wie lange sind wir denn schon hier drinnen?“, fragte Sarah.

Hannah zuckte mit den Schultern. „Keine Ahnung, bestimmt schon eine ganze Weile. Ich gehe nach draußen und gebe Bescheid.“

„Warte, Hannah, wir haben es doch gleich geschafft. Hilf mir lieber, diese Box hier aus dem Steinloch zu befreien und gleich mit nach draußen zu nehmen.“

Hannah kniete sich neben Sarah und beide zogen und keuchten, bis sich die Metallkiste endlich mit einem schabenden Geräusch löste und vor ihnen stand.

„Krass, wir haben es geschafft. Dann komm jetzt“, forderte Hannah Sarah auf und half ihr, die Kiste zu tragen. Sie war nicht schwer.

„Wir sind hier!“, rief Hannah, als sie sich dem Felsspalt näherten, durch den sie sich hindurchgezwängt hatten. „Wartet kurz, wir sind gleich wieder bei euch.“

„Ich gehe zuerst und du reichst mir dann die Kiste, in Ordnung?“, fragte Hannah ihre Freundin.

„Einverstanden.“

„Puh, ist das schmal“, stöhnte Hannah.

Einen Moment später stand sie draußen und streckte einen Arm durch die Spalte.

Sarah reichte ihr die Kiste und sie zwängten ihren Fund haarscharf durch das schmale Loch, das die Höhle für so viele Jahrzehnte verborgen hatte.

„Ich habe sie, du kannst kommen“, rief Hannah erleichtert. Hinter ihr tauchten Lisa und Sofia auf und fielen ihrer Freundin erleichtert um den Hals.

„Wo kommt ihr denn her? Wir wollten die Wasserrettung rufen oder die Polizei oder ...“, sprudelte Sofia hervor, bis sie von Sarah unterbrochen wurde, die nun auch aus dem dunklen Spalt zwischen den Felsen aufgetaucht war. „Wir sind ja da!“

„Was ist das?“, fragte jetzt Lisa, die aufgeregt und erleichtert die Kiste entdeckt hatte, die vor Hannah stand und mit einem großen schweren Schloss verhängt war. „Ein Schatz?“

„Wer weiß?“, gab Hannah grinsend zurück.

„Da verschwindet ihr also einfach mal so in einer Felsspalte, lasst uns ziemlich lange allein und wir werden schier wahnsinnig vor Sorge, nur um dann mit einem Schatz aus einer verborgenen Höhle wiederaufzutauchen?“, fasste Lisa treffend zusammen.

„Ähm, so ist es“, bestätigte Sarah und umarmte sie.

„Ihr seid verrückt. Das ist besser als jede bekannte Detektivgeschichte“, lachte Sofia. Sie konnte nicht fassen, welche Entdeckung Hannah und Sarah gemacht hatten.

„Wer weiß, was diese Kiste verbirgt?“, meinte Sarah ernst.

„Erst mal gilt es, dieses gigantische Schloss zu öffnen“, überlegte Hannah, während sie das Vorhängeschloss genauer unter die Lupe nahm.

„Lasst uns das Ding zu unseren Handtüchern tragen. Ich schaue dann, ob ich in meiner Tasche etwas finde, womit ich den Verschlussmechanismus im Schloss lösen kann“, schlug Sarah entspannt vor.

„Na, du klingst so zuversichtlich“, meinte Sofia.

„Bin ich – denk an die Truhe auf dem Dachboden neulich ...“, erinnerte Sarah ihre Freundin.

Tatsächlich fand Sarah in ihrem Strandbeutel zwei alte Haarnadeln, die als perfekte Werkzeuge dienten, um das

Schloss zu bearbeiten. Nach gut zehn Minuten hörte man ein lautes „Klick“ und der Bügel sprang auf.

„Du bist ’ne Wucht!“, rief Hannah.

„Danke, danke“, sagte Sarah und murmelte dann „Sesam öffne dich“, als sie den Deckel der Kiste langsam hochhob.

„Ich glaube es nicht“, hauchte Hannah, als sie den Inhalt erspähte.

Ketten, Ringe, Armbänder und Münzen lagen darin.

„Das ist …“, Hannah traute sich kaum, es auszusprechen, aber als sie eine Münze mit dem Wappen ihrer Familie in den Händen hielt, beendete sie den Satz: „… Ist das etwa das Diebesgut aus Lakeside?“

„Der Pferdekopf und das Wappen sind doch eindeutig, Hannah“, sagte Sarah aufgeregt, die neben ihrer Freundin im Sand kniete und Sofia und Lisa die Fundstücke zeigte.

„Ich fasse es nicht“, wiederholte Hannah immer wieder.

„Wir müssen zurück nach Lakeside“, sagte Lisa, die sich als Erste wieder gefangen hatte.

Ihre Freundinnen nickten und mit zittrigen Händen räumten die Mädchen den Schmuck zurück in die Kiste.

Eilig verstauten sie ihre Handtücher in ihren Rucksäcken und Taschen und eilten die lange Steintreppe nach oben, an deren Ende ihre Fahrräder auf sie warteten.

Hannah schloss ihr Fahrrad auf, schnallte sich ihren Rucksack um und klemmte sich die Kiste unter den Arm.

„Wir fahren langsam, Hannah. Am besten gibst du das Tempo vor, nicht dass dir noch etwas passiert oder die Kiste herunterfällt“, meinte Sofia besorgt.

Der Weg war zum Glück nicht weit und nur eine Viertelstunde später stellten die Freundinnen ihre Räder auf dem Vorplatz des Wohnhauses der Kramers ab.

Kurz darauf stürmten sie ins Haus, wo Mr und Mrs Kramer gerade Kaffee tranken.

„Mama, Papa, ihr glaubt nicht, was wir gefunden haben!“, rief Hannah völlig aus der Puste und ließ die Metallkiste krachend auf den Esstisch fallen.

„Na, nun aber mal langsam, Hannah“, ermahnte sie Mrs Kramer, die ihre Kaffeetasse schon umfallen sah.

„Was ist denn das?“, wollte Oliver Kramer von seiner Tochter wissen.

Hannah öffnete den Deckel und der Inhalt der Kiste kam zum Vorschein. Einen Moment lang herrschte Stille in der Küche, bis sich Hannahs Vater zuerst fing und langsam, während er die Münze mit dem bekannten Wappen heraushob, sagte: „Das ist das verschwundene Diebesgut von damals ...“

Das Geheimnis von Rose Kramer

Es dauerte eine Weile, bis Mr und Mrs Kramer begriffen hatten, was vor ihnen stand. Die Entdeckung des verschollenen Diebesgutes bedeutete ein Leben ohne Geldsorgen, und das sicher für eine lange Zeit.

Hannahs Eltern saßen am Abend bei einem Glas Wein zusammen und beratschlagten, wie sie nun weiter vorgehen wollten. Hannah und ihre drei Freundinnen dagegen waren so müde, dass sie sich kaum noch auf den Beinen halten konnten.

„Wir sehen uns gleich morgen nach dem Frühstück, ja?“, schlug Hannah vor und gähnte. „Dann berichte ich euch, was jetzt mit dem Schatz passiert und ...“

„Wir wissen immer noch nicht, wie das Medaillon, das damals ebenfalls verschwunden ist, in Toris Besitz gekommen ist“, ergänzte Sarah.

„Das ist in der Tat mysteriös. Ich bin dafür, dass wir sie einfach noch mal fragen, wer es ihr geschenkt hat. Von da aus können wir dann weiterforschen“, schlug Sofia vor.

„Wenn sie es uns so bereitwillig erzählt“, gab Lisa zu bedenken.

„Wir werden sehen, dann bis morgen!“, rief Hannah ihren Freundinnen hinterher, als die zu ihren Rädern gingen und in unterschiedliche Richtungen nach Hause fuhren.

Als die vier am nächsten Morgen halbwegs ausgeschlafen und munter aufeinandertrafen, konnten sie kaum an sich halten. Die Entdeckung des gestrigen Tages hatte jede Einzelne noch bis in die Nacht beschäftigt. Das Rätsel um das Medaillon an Toris Hals geisterte vor allem durch Hannahs Kopf und hatte ihren Schlaf gestört.

„Lasst uns einen Ausritt zu unserem Wohnwagen machen. Dann kann Hannah uns in Ruhe erzählen, was ihre Eltern beschlossen haben, und wir können über das Medaillon nachdenken", fand Sofia.

„Ob uns das weiterbringt ...", sagte Hannah skeptisch.

Gerade als sie auf dem Weg in den Stall waren, um ihre Pferde zu satteln, kam ihnen Tom entgegen. Er führte Wirbelsturm hinter sich her und sah um einiges glücklicher aus als bei ihrem letzten Treffen.

„Ja hallo, Tom, dir geht es besser!", bemerkte Sarah sofort.

„Absolut. Ich komme gerade vom Springreitplatz, auf dem ich heute schon ganz früh mit Wirbelsturm trainiert habe. Je weniger los ist, desto besser. Außerdem kommt Tori gleich noch zu einer Extrastunde, sie hat darum gebeten“, erklärte Tom, während er kurz auf etwas Goldenes in seiner Hand blickte. „Dann kann ich ihr das hier auch gleich wieder zurückgeben.“

„Ist das etwa das Medaillon, das sie neulich trug?“, fragte Hannah überrascht.

„Ganz genau. Sie hat sich nicht daran gehalten und es bei unserer letzten Stunde wieder getragen. Ich habe es erst nicht bemerkt, aber als ich heute Morgen mit Wirbelsturm das erste Hindernis gerissen und den Balken wieder aufgelegt habe, lag es vor mir. Unverantwortlich von Tori, ehrlich“, schimpfte Tom.

„Es ist sicher sehr wertvoll“, meinte Sarah langsam.

„Darf ich es mal sehen?“, bat Hannah Tom, der immer noch den Kopf schüttelte, es ihr dann aber reichte: „Hier.“

„Danke“, murmelte Hannah und nahm es vorsichtig in die Hand. Ein kleiner Verschluss verriegelte den oberen Teil des Medaillons.

Als sie ihn vorsichtig öffnete, fand sie ein vergilbtes altes Foto eines attraktiven jungen Mannes darin und auf der Rückseite die Gravur: In Liebe, dein Martin.

„Jetzt haben wir immerhin schon mal den Vornamen ...“, grinste Hannah, als sie Tom das Schmuckstück zurückgab.

„... der gut zu den Initialen MM passt, die mir in den letzten Briefen ab und zu begegnet sind“, erinnerte sich Lisa.

„MM, soso ...“, überlegte Hannah.

„Das klingt ja nach einer spannenden Geschichte für Mädchen“, grinste Tom.

„Ich mache mich vom Acker. Wirbelsturm wird unruhig“, sagte er.

Tom wendete sich zum Gehen. Wirbelsturm begann, hinter ihm herumzutänzeln, und wollte trocken gerieben werden.

„Wir sehen uns später sicher, ich kümmere mich um Wirbelsturm. Schönen Tag noch“, verabschiedete er sich und ließ die Mädchen mit ihrem neuen Rätsel allein.

„Bis später“, rief Hannah ihm nach und wendete sich dann wieder ihren Freundinnen zu.

„Wer ist MM?“

„Martin Michaels?“, lachte Sarah und knuffte Hannah neckend in die Seite.

„Quatsch, wie kommst du denn darauf?“

„Ist nur so eine Idee“, grinste Sarah.

„Und gar nicht mal schlecht, Sarah. Hat nicht Rose Kramer immer wieder beschrieben, dass sie sich auf Turnieren in der Gegend treffen wollten oder trafen und dass ihr Verehrer, ihr geliebter Martin – das wissen wir ja jetzt –, ganz in der Nähe gewohnt haben muss? Irgendwo habe ich auch gelesen, dass die beiden Familien miteinander konkurriert haben. Beide schienen damals in Springdale City und Umgebung Einfluss zu haben und gleichermaßen reich und mächtig zu sein.“

Lisa war nicht mehr zu bremsen. Je länger sie sprach, desto überzeugter war sie von Sarahs Idee.

„Das klingt sehr nach Romeo und Julia“, lachte Sofia.

„Warum nicht? Die Michaels und die Kramers sind sich heute noch nicht grün. Dann ist die Verlobung geplatzt und wir wissen nicht warum und doch war es eine große Liebe – das zeigt auch das Medaillon.“

„Lasst uns noch mal einen Blick auf die Briefe werfen, vielleicht hat ja einer einen Absender, den man noch entziffern kann“, schlug Sarah vor.

„Da hätten wir auch schon früher draufkommen können“, sagte Hannah und schlug sich mit der Hand an die Stirn. „Ehrlich, hat da keiner dran gedacht?“

„Wir waren einfach zu sehr auf den Inhalt fokussiert“, erwiderte Sofia.

„Also gut, schauen wir nach“, meinte Hannah.

Alle waren mit diesem neuen Plan einverstanden und der geplante Ausritt wurde auf den Nachmittag verschoben.

Die vier rannten die Treppe zu Hannahs Zimmer hoch, griffen sich einen Packen Briefe und setzten sich auf den Balkon. Gerade kam die Sonne hinter den Baumspitzen hervor.

„Hier! Da steht kaum leserlich eine Adresse!“, rief Lisa nach einer Weile aufgeregt aus.

„Die ist ja so blass, wie willst du denn da etwas erkennen?“, holte Sarah sie gleich wieder auf den Boden der Tatsachen zurück.

Aber Hannah war schon aufgesprungen, um eine Lupe zu holen, die sie jetzt Lisa reichte.

„Versuch es mal damit“, schlug sie vor.

„Super, danke ... Martin Michaels ... Springdale City ...“, buchstabierte sie langsam. Noch bevor sie begriff, was sie gerade mühsam vorgelesen hatte, fiel ihr Hannah um den Hals.

„Habe ich es nicht gesagt?“, grinste Lisa.

„Toris Urgroßvater war der Verlobte deiner Uroma, nicht schlecht, oder?“

„Unglaublich“ kam es jetzt auch von Sofia.

Die vier Mädchen brauchten einen Moment, um diese Entdeckung wirklich zu glauben.

„Was Tori wohl dazu sagen würde?“, überlegte Sarah.

„Keine Ahnung. Aber das interessiert mich im Moment auch weniger als die Frage, wie das Medaillon in ihren Besitz kommt“, sagte Hannah langsam.

Sofia stand als Erste auf und kam auf ihren Vorschlag zurück: „Wir erzählen ihr von unserer Entdeckung und der Liebesgeschichte zwischen ihrem Urgroßvater und deiner Uroma. In diesem Zusammenhang können wir sie auch leichter zu dem Medaillon befragen. Martin Michaels hat es ja schließlich mal gekauft, für Rose Kramer ...“

„Eine verrückte Geschichte, ehrlich“, meinte jetzt auch Sarah und ergänzte: „Also ich finde Sofias Idee gut.“

„Dann lasst uns Tori unten abpassen, bevor sie mit Tom zum Springreitplatz geht, und wir fragen sie“, meinte Lisa.

Alle waren einverstanden und liefen durch das Treppenhaus und die Küche nach draußen. Sie wollten Tori auf keinen Fall verpassen.

Wem gehört das Medaillon?

Gerade als sie in Richtung der Ställe rannten, kam ihnen Tom entgegen. Diesmal ohne Wirbelsturm. „Dass ich euch so schnell wiedersehen würde, hätte ich nicht gedacht. Wolltet ihr nicht einen Ausritt machen?“

„Schon, nur …“, begann Sarah, aber Hannah unterbrach sie.

„Hat nicht Tori jetzt Springreiten bei dir?“, fragte sie ungeduldig.

„Ja, das habe ich euch doch gesagt. Sie sattelt Princess gerade. Ist etwas passiert oder warum ist es so dringend? “

Kaum hatte er den Satz und seine Frage beendet, bemerkten die vier Mädchen Tori, die ihnen schon mit Princess entgegenkam. Das Medaillon hing um ihren Hals. Als Hannah vor ihr stehen blieb, zeigte sie darauf und fragte neugierig: „Solltest du so einen Anhänger nicht vor der Springreitstunde abnehmen? Der ist doch viel zu wertvoll.“

„Du klingst ja schon wie Tom. Aber ja, vielleicht. Ich hätte ihn beinahe verloren, hätte Tom ihn nicht gefunden.“ Erleichtert strich sie über das große Medaillon an ihrem Hals.

„Ganz schön leichtsinnig“, meinte Sofia, die sich zu Hannah gesellte. „Woher hast du dieses wunderschöne Schmuckstück eigentlich?“, fragte Sofia sie dann so beiläufig wie möglich.

„Es ist ein Erbstück. Mein Vater hat es mir erst letzte Woche zu meinem Geburtstag geschenkt. Ich finde es wunderschön!“, erzählte Tori begeistert.

„Was ist denn da drin?“, fragte Hannah weiter und bemühte sich, so freundlich und interessiert zu klingen, wie es nur ging. Es war offensichtlich, dass Tori sehr stolz auf ihr besonderes Schmuckstück war.

„Es enthält das Foto von einem ziemlich attraktiven Mann und eine Widmung von einem gewissen Martin – es ist so etwas wie eine Liebeserklärung. Total romantisch, finde ich.“

„Wow, das klingt ja richtig geheimnisvoll“, grinste Lisa, riss sich dann aber zusammen, um sich nicht zu verraten.

„Finde ich auch ...“, ging Tori wie selbstverständlich darauf ein.

„Du Tori, weißt du, wer dieser Mann ist?“, übernahm jetzt Hannah wieder das Gespräch. Sie hatte sich vorgenommen, ihr jetzt sofort die ganze Geschichte zu erzählen.

„Nein, woher auch? Das Medaillon gehörte meiner Großmutter. Sie hat es damals von meinem Großvater geschenkt bekommen. Das hat mir jedenfalls mein Vater erzählt. Wieso?“

„Der Mann auf dem Bild ist Martin Michaels und er war dein Urgroßvater! Die Frau, der diese Liebeserklärung galt, war meine Urgroßmutter, Rose Kramer.“ Jetzt war es raus.

„Wie bitte? Bist du völlig übergeschnappt?“, gab Tori irritiert zurück.

„Nein, es gibt Beweise, Briefe und Tagebücher von meiner Urgroßmutter. Und Fotos!“

„Aha, die Beweise möchte ich gerne sehen! Das kann ich mir nämlich kaum vorstellen. Ich frage meinen Vater, sobald ich zu Hause bin“, gab Tori hochnäsig zurück. „Da vorne kommt Tom. Ich glaube, er will mich holen, weil er schon so lange gewartet hat ...“

„Komm doch heute Nachmittag gegen drei ins *Cups & Saddles*, dann bringen wir ein paar Briefe mit und können weiterreden“, schlug Hannah vor.

Tori zögerte etwas, war dann aber einverstanden und ließ die vier Horse Club-Mädchen auf dem Vorplatz zu den Ställen zurück.

„Das hat sie echt umgehauen", meinte Sarah.

„Kein Wunder, wenn man so eine Romeo-und-Julia-Geschichte über den eigenen Urgroßvater erfährt", grinste Lisa.

„Jetzt mach mal nicht so ein großes Ding daraus, Lisa. Aber lustig ist das schon", gab Hannah zu. „Dann lasst uns doch jetzt einen Ausritt machen und zur Stärkung nachher ins Café gehen, um dort Tori zu treffen."

„Gute Idee", fand Sofia und die anderen beiden stimmten ihr zu.

Einige Stunden später saßen fünf Mädchen um einen Tisch herum, Muffins und Limonade vor sich und einen Stapel alter Briefe verteilt zwischen Tellern. Die geröteten Wangen der Mädchen zeugten von einem angeregten Austausch.

Die Horse Club-Freundinnen hatten Tori noch mal in aller Ausführlichkeit von dem Kisteninhalt auf dem Dachboden und der Liebesgeschichte von ihren und Hannahs Vorfahren erzählt und ihr die Briefe gezeigt.

Tori hatte daraufhin, wenn auch etwas widerwillig, von dem Gespräch mit ihrem Vater berichtet, den sie nach der Reitstunde bei Tom noch abgefangen und genauestens zur Herkunft ihres Medaillons befragt hatte.

Ihr Vater hatte das Schmuckstück von seinen Eltern vererbt bekommen. Wahrscheinlich war es damals nach dem Raub auf Lakeside bei einem Schmuckhändler aufgetaucht, der es an Toris Großvater verkauft hatte. Dieser erkannte die Initialen auf dem Medaillon, wusste um die Liebesgeschichte seines Vaters, eben jenes Martin Michaels. Die Beziehung zu Rose hatte ein abruptes Ende gefunden, nachdem beide Familien davon erfahren hatten. Rose wurde auf Reisen geschickt, während Martin eine andere Frau heiratete. Sein Sohn, Toris Großvater, schenkte das Medaillon seiner Frau und so blieb es in der Familie Michaels.

„Eine schöne Geschichte“, meinte Hannah schließlich etwas bedrückt. Denn gehörte das Medaillon nicht eigentlich der Familie Kramer? Schließlich war es doch ein Geschenk!

Hannah nahm sich vor, alles am Abend ihrem Vater zu erzählen, und verabschiedete sich von den Mädchen. Sie planten, sich am nächsten Tag im Wohnwagen zu treffen.

„Ich bin gespannt, was du berichtest“, meinte Sarah und umarmte ihre Freundin.

„Dann bis morgen“, rief Hannah auch ihren beiden anderen Freundinnen Sofia und Lisa zu und ging zum Haus.

Als Hannah am Abend mit ihrem Vater sprach, reagierte er zu ihrer Überraschung entspannt, denn der Großteil des Diebesguts war nach dem Fund der Mädchen am Strand wieder in den Besitz der Familie zurückgelangt und würde ihnen nun für lange Zeit finanzielle Sorgen ersparen.

„Wie läuft es eigentlich mit Wirbelsturm?“, fiel Hannah plötzlich ein.

„Tom macht seine Sache gut und wir werden das Pferd wohl auf Lakeside behalten“, erklärte ihr Vater stolz. „Dank Marcus Leeman bekommen wir zusätzlich noch etwas Werbung für unseren Hof, was uns nur helfen kann“, freute er sich. „Auch wenn der Schatz einen so hohen Wert hat, dass ich sicher in Zukunft besser schlafen kann, wenn es um finanzielle Themen geht.“

„Das ist super! Und ich finde es toll, dass Wirbelsturm hierbleiben kann. Tom wird sicher erleichtert sein“, freute sich Hannah.

Nach einer kurzen Pause fügte sie hinzu: „Trotzdem ist es wirklich schade, dass dieses wunderschöne Medaillon wegen eines Diebstahls jetzt nicht mehr in unserem Familienbesitz ist …“

„Das Medaillon scheint wohl als besonderes Einzelstück neben einigen anderen noch rechtzeitig vom Dieb verkauft worden zu sein“, überlegte Mr Kramer. „Aber dass der Zufall es wieder der Familie Michaels zukommen ließ, ist doch eine schöne Geschichte, nicht? Schließlich hat Toris Großvater dafür gezahlt, als er es damals beim Schmuckhändler fand.“

„Ja, das stimmt schon“, überlegte Hannah, die sich mit der Idee, das Medaillon für immer an Tori verloren zu haben, erst noch anfreunden musste. Aber das wiedergefundene Diebesgut entschädigte sie dafür um so mehr. Es schien tatsächlich von großem Wert und damit großem Nutzen für Lakeside zu sein. Und das war ein riesiges Geschenk und ein Glück für Lakeside, mit dem niemand gerechnet hätte.

Als Hannah am nächsten Tag im Wohnwagen davon erzählte, ereiferten sich die Mädchen noch eine Weile darüber, ob das Medaillon nicht doch den Kramers gehörte. Doch als Hannah noch mal auf den Wert des Schatzes hinwies, stimmten sie der Entscheidung von Hannahs Vater zu, es Tori zu überlassen. Sofia lehnte sich zurück, biss in einen Schokokeks und fasste die Unterhaltung mit den Worten zusammen: „Ende gut, alles gut, hm?“

Noch mehr Abenteuer mit dem Horse Club

Ein Mittelaltermarkt auf Lakeside! Die vier Freundinnen sind begeistert, denn der krönende Abschluss soll ein Ritterturnier sein. Doch dann passiert etwas Unvorhergesehenes und gefährdet das große Abschlussturnier: Hannahs Liebling Cayenne ist ausgebrochen und nicht mehr aufgetaucht! In großer Sorge um das Pferd machen sich die Horse Club-Mädchen am nächsten Tag auf die Suche. Gibt es noch eine Chance, dass das Turnier stattfinden kann?

ISBN: 978-3-96080-706-3